ÉLOGE*
DE
MOLIERE. (1)

Nec pluribus impar.

OBSERVER la Nature & la peindre, voilà le but du travail des hommes & la source de leur gloire. Celui qui médite sur la Nature, qui en sonde les profondeurs, n'est suivi que d'un petit nombre de témoins ; ce sont eux qui le montrent à la Renommée : sa réputation sourdement établie est hors d'insulte quand l'Envie s'éveille. L'homme de génie qui veut peindre marche par de plus grands périls à des succès plus rapides, il a l'Univers pour témoin & pour juge ; s'il réussit, il est tout-à-coup célèbre : mais aussi-tôt la célébrité le place entre l'admiration & l'envie, entre la gloire & les persécutions.

C'est dans cette classe que fut Moliere, cet homme unique dans les nations & dans les âges ; Moliere digne de nos éloges comme Poëte & comme Philosophe ; Moliere qui eût été recommandable par la Philosophie, c'est-à-dire par les lumières & par la vertu, quand il n'eût pas été le premier des Poëtes dramatiques.

---

* Cette pièce a eu un *accessit* au prix d'Eloquence de l'académie Française, dans l'année 1769.

E

(1) par m. Bailly.

Si l'on demande comment il fut traité par ſes contemporains, je dirai qu'il fut déchiré pendant ſa vie, outragé après ſa mort! A Londres, la cendre de Moliere eût attendu la cendre de Newton, à côté du tombeau des Rois; à Paris la ſépulture lui fut preſque refuſée, le peuple fut prêt d'inſulter à ſes funérailles! Ce n'eſt donc pas un éloge que l'on doit à Moliere, c'eſt pour-ainſi-dire une réparation publique. L'Académie le venge aujourd'hui de l'opprobre dont on voulut charger ſes manes. Peut-être le choix de l'Académie eſt-il encore un témoignage de ſes regrets: le nom de Moliere manque à ſes faſtes. Sans doute ce grand homme devait, avec Boſſuet & Corneille, contribuer à illuſtrer ce Corps reſpectable; on n'imagine pas que les préjugés puiſſent ainſi faire taire la raiſon: mais notre unique réponſe eſt que Moliere n'avait pas à faire aux Philoſophes qui ont demandé ſon éloge après ceux de Maurice, Sully, Deſcartes & Charles V.

Moliere créa ſon art, & s'eſt élevé à une place juſqu'à préſent inacceſſible! Moliere fut philoſophe & vertueux, voilà ſa vie, & le compte que nous en allons rendre doit impoſer ſilence au préjugé, il raſſemble tout ce qui a droit au reſpect des hommes.

Moliere * nâquit d'une famille dont la fortune était aiſée, mais dont la profeſſion ne pouvait convenir à ſes goûts; ſa jeuneſſe ſe paſſa ſans ora-

---

* Jean - Baptiſte Poquelin nâquit à Paris en 1720. Il était fils & petit-fils de valets - de - chambre tapiſſiers du Roi. Moliere eut la même charge, & l'exerça juſqu'à ſa mort.

ges & fans dérèglemens : ce n'eft donc ni l'indigence, ni le libertinage qui l'ont conduit au théâtre ;
c'eft ce penchant infurmontable qui eft la voix du
génie. L'inquiétude naturelle à un homme qui fe
fent déplacé, le porta à defirer de faire fes études,
c'eft-là qu'il dut fe connaître en lifant Térence ;
c'eft-là que la Philofophie nourrit par des inftru-
ctions folides la force que Moliere avait reçue de
la Nature. La vraie Philofophie était inconnue en
France comme dans le refte de l'Europe : elle
était concentrée dans la tête de Defcartes, qui
méditait encore, & dans celle de Gaffendi, def-
tiné à le combattre, avec moins de génie, mais
avec le même efprit. Gaffendi, reftaurateur &
vengeur de la philofophie d'Epicure, faifait parler dans une éducation privée *, la raifon prof-
crite de l'éducation publique : Moliere & Gaffendi
fe rencontrèrent, ces deux hommes fe reconnu-
rent ; & fi Gaffendi n'eût enfeigné Moliere, peut-
être les leçons du Philofophe euffent-elles manqué au Poëte.

Moliere trouva la tragédie fur la fcène, la tragédie déjà revêtue de toute fa dignité. Corneille
s'était élevé jufqu'à Cinna ! mais l'art de Térence
& de Plaute y était encore inconnu : nos ayeux
fe traînaient alors fervilement fur les traces des
Italiens & des Efpagnols, & femblaient ignorer
les pièces de Térence que Moliere devait furpaf-

---

* L'Huillier, homme de fortune, prenait un foin fingulier de l'éducation du jeune Chapelle, fon fils naturel. Il
engagea le célèbre Gaffendi à fe charger de l'inftruire. *Vie
de Moliere, avec des jugemens fur fes Ouvrages.*

fer ! Quelques froides Idiles, copies informes du
Paftor Fido ; des pièces à intrigue compliquée,
dont l'enchaînure extraordinaire & peu vrai-
femblable n'excitait aucun intérêt ; des bouffons,
qui toujours hors de la nature, étaient, fi l'on ofe
le dire, monftrueufement plaifans ; un ftile ob-
fcène & groffier, qui n'avait que l'enflure des
Efpagnols & les faux brillans des Italiens, mais
fans aucune force comique ; telle était la comédie, tels étaient les *Vifionnaires*, cette pièce fi
célèbre alors, & que dans le tems des plus grands
fuccès de Moliere, on plaçait * encore à côté du
Menteur & de l'Ecole des Maris. On ne doit
point s'étonner que la tragédie eût, pour-ainfi-
dire, atteint la perfection avant que la vraie comédie eût commencé à paraître ; l'art le plus difficile doit fe montrer le dernier : le Poëte tragique travaille fur un fond qui refte toujours le
même ; c'eft la nature libre & caractérifée par
des traits invariables, c'eft la paffion qui éclate
en montrant l'homme à découvert. Le Poëte comique ne peint les mœurs particulières que fous
les mœurs nationales, qui, en variant fans ceffe,
changent l'expreffion des caractères. De-là le
Poëte comique n'a point de modèles ; il ne trouve
dans l'antiquité que des mœurs, un goût qui
n'exiftent plus, & quelques règles dont la plus

---

* Voici comme on jugeoit dans le fiècle de Moliere.
Vifé difait de l'Ecole des Maris : « Les vers en font moins
» bons que ceux du Cocu imaginaire ; mais le fujet en eft
» tout-à-fait bien conduit ; & fi cette pièce avait eu cinq
» actes, elle pourrait tenir rang dans la poftérité après le
» Menteur & les Vifionnaires ».

importante, celle de plaire, eſt perdue. Le Poëte tragique a pour lui l'expérience des ſiècles, ſes ſources ſont l'Epopée & l'Hiſtoire ; quand il veut peindre, ſon propre cœur, une connaiſſance générale des hommes ſuffit pour le conduire. Le Poëte comique a beſoin d'une obſervation plus particulière ; les traits qu'il emploie ſont dans la ſociété, mais épars, difficiles à reconnaître, & quand il.les a ſaiſis, leur enchaînement eſt l'ouvrage de ſon génie. Le perſonnage qu'il montre eſt pour-ainſi-dire un être qu'il a créé : création d'autant plus difficile, que ſon imagination eſt aſſujettie à la vrai-ſemblance, & qu'en créant il ne doit paraître qu'imiter ! Voilà le premier trait de l'éloge de Moliere, & ſa place eſt au premier rang du plusdifficile des genres dramatiques.

Moliere, en débutant au théâtre comme auteur, eut d'abord recours aux ſources où l'on avait puiſé ; il commença par imiter les Italiens. Après avoir donné quelques farces * que ſon nom a fait diſparaître, il donna l'*Etourdi*, qui fut joué à Paris avec un ſuccès prodigieux. Cette pièce eſt Italienne, c'eſt-à-dire ſurchargée d'évènemens & d'intrigues, mais ſans unité & ſans intérêt. Moliere, deſtiné à ne pas faire une faute ſans en tirer des lumières, reconnut que l'unité d'action & l'intérêt ſont inſéparables ; il fit le *Dépit amou-*

---

* « Le Docteur amoureux, les trois Docteurs rivaux, le
» Maître d'Ecole, ouvrages dont il ne reſte que le titre.
» Quelques curieux ont conſervé deux pièces de Moliere
» dans ce genre ; l'une eſt le Médecin volant ; & l'autre, la
» Jalouſie de Barbouillé : elles ſont en proſe & écrites en
» entier ». *Vie de Moliere avec des jugemens ſur ſes Ouvrages.*

reux, où il n'y a plus qu'un feul nœud, & où le peintre & le grand comique s'annoncent déjà dans la fcène du raccommodement, & dans la fcène où les deux vieillards fe demandent pardon. Ces fuccès étendaient les vûes de Moliere. Il médita profondément fur fon art. A côté de l'intrigue, qui eft la fource de l'intérêt, il apperçut les mœurs jufques-là négligées, les mœurs dont la peinture redouble l'intérêt par l'illufion théatrale. Frappé de cette idée, Moliere arrêta fes regards fur la Nation ; il penfa que puifqu'elle était l'objet des fpectacles, elle en devait elle-même fournir les fujets, & que le ridicule qu'il y puiferait pourroit inftruire & plaire, en éclairant la fageffe & en faifant rire la malignité. Il vit d'abord la manie du bel efprit, répandue dans tous les cercles, préfidant à ces tribunaux où l'ignorance jugeait les talens célèbres, & où la converfation, fi utile aux progrès de l'efprit, quand elle eft fimple & naturelle, n'était qu'un choc d'expreffions vuides & de penfées fauffes. Moliere couvrit à jamais de ridicule ces fociétés par la comédie des *Précieufes.* Sa critique répandit une lumière nouvelle & vive : elle eft l'époque du bon goût en France ; & tel eft l'afcendant du grand homme fur les idées générales, que le mot qui exprimait l'ufage le plus * délicat de l'efprit eft refté pour en

___

* « Par la même raifon que les vrais braves ne fe font » point encore avifés de s'offenfer du Docteur de la comé- » die & du Capitan......auffi les véritables précieufes au- » raient tort de fe piquer lorfqu'on joue les ridicules qui les » imitent mal ». *Préface de Moliere, en tête des Précieufes ridicules.* Le nom de *précieufe* était donc honorable alors.

caractérifer l'abus! La comédie des Précieufes fouleva tous les auteurs du tems contre Moliere. Dans la carrière des lettres, les efprits médiocres font une faction de républicains, qui ne veut point de dictateur; ils fe liguèrent contre un homme qui s'annonçait en maître, qui allait changer la fcène & s'emparer de la gloire du théâtre. Mais Moliere répondait à leurs fatires par de nouveaux fuccès: *Sganarelle* * fut joué quarante fois, les *Fâcheux* effacèrent les Vifionnaires, & font une excellente copie d'un mauvais original; enfin Moliere vint échouer à *Dom Garcie*. La Nature l'avait fait pour peindre le comique, non le terrible des paffions. L'envie triompha de cette chûte: alors le grand homme montra l'*Ecole des Maris!* Il avait préparé la révolution, elle fut fubite & le goût fut fixé. Cette pièce eft un chef-d'œuvre qui fuffifait pour immortalifer fon auteur; tout y eft fupérieur, caractères, intrigue, dénouement! Auffi la haine fe réveilla-t-elle; auffi fe déchaîna-t-on contre le genre que Moliere introduifait: on ne pouvait pas nier le fuccès, on prétendit que le genre n'était pas le meilleur. Mais Moliere n'avait pas befoin de juges: tout homme a dans la tête une idée de la perfection; cette idée eft fouvent confufe, on la fent plutôt qu'on ne la voit, l'homme de génie l'apperçoit d'une manière diftincte; & il s'était déjà dit ce qu'une voix du parterre lui fit entendre: Courage, Moliere, voilà la bonne comédie!

---

* Le Cocu imaginaire. On était alors dans l'été, ce qui rend le nombre des repréfentations plus étonnant.

Il avait reconnu deux genres; l'un des pièces à intrigue, où l'intérêt & le comique naissent des incidens, & où les mœurs qui doivent être vraies ne sont pas l'objet principal. Ce genre demande de l'invention pour entrer facilement en action, pour former un nœud difficile & le délier avec adresse. L'autre genre expose la peinture d'un caractère, auquel toute l'intrigue est subordonnée ; c'est de ce caractère que naissent & les évènemens qui engagent l'action, & les évènemens qui la dénouent. Les Italiens ne connaissaient que le premier de ces genres, dont ils n'avaient donné que des esquisses imparfaites; les anciens même n'avaient traité les caractères qu'épisodiquement, excepté peut-être dans l'Avare de Plaute. Un Français, Corneille, le premier montra un caractère, source de l'intérêt & du comique, & seul moteur de la pièce ; c'est cette idée de l'art que Moliere doit à ce grand homme, mais qu'il développa avec le génie comique qui manquait à Corneille. Moliere sentit que toute pièce à intrigue, dont les caractères sont faiblement prononcés, est une mauvaise pièce, & il créa l'art en unissant inséparablement les deux genres. Alors Moliere eut recours à l'observation ; il considéra la société où l'homme differe tant de lui-même depuis les grands jusqu'au peuple. Là, les hommes polis par l'éducation ont la même superficie : en peignant les enveloppes dont ils sont couverts, il faut saisir les traits fugitifs où la nature se décèle & où l'homme se retrouve. Ici les passions ont plus d'énergie, parce qu'elles sont toujours simples ; les caractères portent des traits plus marqués, mais la nature y est défigurée par la dépendance. Entre ces deux conditions extrêmes, on rencontre la médiocrité, qui eſt l'état naturel de l'homme: c'eſt-là qu'il s'éloigne & des grands intérêts qui l'aviliſſent par la fauſſeté, & de l'indigence qui le dégrade par la ſervitude. En parlant de l'art de Moliere, de cet art dont on n'a d'autre précepte que ſes ouvrages, on a voulu diſtinguer trois genres : le comique bas , le comique bourgeois, & le comique noble ; comme ſi la Nature n'était pas par-tout également noble, & comme ſi le préjugé avait dû ennoblir juſqu'aux ridicules des grands ! Quoi qu'il en ſoit, chacun de ces genres demande un homme ſupérieur, un homme qui ait bien vû l'état qu'il veut peindre : quelle force de tête n'a-t-il pas fallu pour les embraſſer tous, pour oſer les mêler ſur la ſcène ? Moliere a peint la ſociété telle qu'elle eſt ſous nos yeux ; les individus y ſont liés par une dépendance réciproque, il ne les a pas ſéparés. Tout caraĉtère eſt bien placé quand il eſt utile à l'action , tout caraĉtère eſt digne d'être préſenté quand la peinture en eſt vraie ; c'eſt à la connaiſſance de ces vérités qu'il dut le grand art des contraſtes, & l'ordonnance de ſes tableaux, en groupant ſes perſonnages comme ils le ſont dans la Nature. Mais il a bien ſaiſi les nuances qui diſtinguent les différens états. L'inexpérience d'Agnès n'eſt pas celle d'Alain & de Georgette, la ſimplicité de M. Jourdain, dupé par un courtiſan, n'eſt pas celle du bon Orgon, ſéduit par un hipocrite ; Sganarelle * & George Dandin ſont deux maris

---

* Dans le Cocu imaginaire.

jaloux qui ne fe reffemblent point, tant Moliere a fçu varier les mêmes caractères, foit par une éducation différente, foit par les paffions fecondaires qui les modifient, foit par les circonftances où il les place. Moliere avait reconnu que dans le nombre des caractères, les uns ont un principe d'action en eux-mêmes, les autres ont befoin d'être ébranlés pour prendre du mouvement; auffi, tantôt il expofe un caractère principal, qui domine fur tous les autres, qui engage, fufpend & dénoue l'action, tels font l'Avare & le Tartuffe. Tantôt l'intrigue naît des caractères fécondaires, qui en preffant le caractère principal, fervent à le développer, comme dans le Mifantrope, où la coquette, la médifante, les petits-maîtres, l'homme au fonnet, produifent le peu d'intrigue qui règne dans la pièce, & tendent tous à faire fortir le caractère du Mifantrope. Quelquefois Molière affocie des caractères qui n'auraient pas affez de jeu par eux-mêmes, & l'intrigue naît de leur réaction, comme dans l'Ecole des Maris, l'Ecole des Femmes, la Comteffe d'Efcarbagnas. Ce font ces mélanges qui font les différentes fcènes de la vie; c'eft par l'obfervation que Moliere en avait faite, qu'il conçut & déploia l'idée de fon art.

Ce qui caractérife particulièrement Moliere, c'eft l'invention, c'eft le choix de la fituation où il place le caractère qu'il veut développer. Le Mifantrope eft à la Cour, fpectateur du vice & de fes intrigues, en butte à l'injuftice, aigri par la flatterie & la médifance; tout le porte à fuir, Moliere le retient par l'amour. Il l'enflamme pour une coquette. L'effort de la paffion en combattant

le caractère lui donne tout son jeu ; & la vertu,
qui parle le langage de l'humeur, rend le personnage comique sans le faire paraître ridicule. C'est
au sein de sa famille que la bonté presque imbécille d'Orgon amène l'hipocrite ; Orgon le rend
plus maître que lui-même : le scélérat écarte tout
ce qui peut lui nuire, frère, enfans, & reste seul
avec l'homme qu'il a trompé, la fille qui lui est
promise, & la femme qu'il veut séduire ; c'est
alors qu'il se montre & qu'il est démasqué. Moliere a bien vû la Nature quand il a fait l'Avare
usurier ; tout avare ou l'est ou n'ose l'être : mais
c'est un trait d'invention sublime que là scène où
le fils emprunte & où le père prête à une usure
horrible, elle finit par un coup de pinceau remarquable ; le père ne fait point de retour sur luimême, il s'applaudit de l'aventure qui l'avertit
de veiller sur son fils. C'est à Plaute que sont dus
le vol de la cassette, la séduction de la fille de
l'Avare, la scène où Valere avoue le rapt, & où
l'Avare le prend pour le voleur ; mais que Moliere a embelli tout ce qu'il doit à Plaute ! Comme
ces situations sont plus fortes & plus vrai-semblables, par l'adresse d'avoir introduit Valere dans
la maison en qualité de domestique, comme ce
soupçon de l'Avare est préparé par la jalousie &
l'accusation de maître Jacques ! Quelle situation
que celle d'Arnolphe, dupe sans cesse de sa propre prudence, joué sans cesse par la simplicité de
sa pupille & par l'étourderie du jeune homme,
toujours averti par l'indiscretion de l'un & toujours trahi par l'inexpérience de l'autre. Dans
l'Ecole des Maris les vûes sont les mêmes, les
moiens sont différens ; Sganarelle tient ici Isabelle

dans l'efclavage comme Arnolphe tenait Agnès dans l'ignorance : mais il eft lui-même le meffager de fa captive ; il inftruit lui-même l'amant qui doit la lui ravir ; il eft témoin de fa fuite & il s'en applaudit. Le comble de l'art eft d'inventer de telles fituations & de les amener d'une manière naturelle & vrai-femblable. La fécondité de Moliere n'eft pas moins fingulière ! Le fujet de l'Ecole des Femmes eût été froid en d'autres mains que les fiennes ; à peine eût-il fourni un acte : Moliere en a trouvé cinq qu'il a conduits avec une écono- mie incroiable ! Tout eft en récit, & tout femble en action ! Il a l'art de varier la même fituation de vingt façons différentes, & de rendre le dialogue toujours nouveau à force d'efprit & de comique. Le fujet du Mifantrope était fufceptible du plus grand intérêt, fi le Mifantrope eût été malheu- reux ; fi victime des noirceurs des hommes, il eût été forcé de les haïr. Le Poëte a pour ainfi dire appauvri fon fujet, pour tirer tout de fon génie ; ce n'eft point par raifon qu'Alcefte haït les hom- mes, c'eft par un travers de l'efprit ; il leur dit la vérité par humeur ; il fe plaint moins du mal qu'ils lui ont fait que du mal qu'ils peuvent lui faire ! Mais les caractères y font fi bien contraftés, les uns ont tant de force, les autres tant de fineffe, que cette pièce, avec peu d'intrigue & d'intérêt, eft un chef- d'œuvre qui n'a point eu de modèle, & qui en devient un pour la poftérité ! Le fujet des Femmes Savantes paraît d'abord auffi ftérile que celui du Mifantrope ; il femble ne promettre que de la féchereffe & de la pédanterie ; le génie de Moliere y a mis de l'intérêt & du comique. Le defpotifme de la femme, & la faibleffe du mari, le faux bel efprit oppofé au fimple bon fens, font un excellent contrafte. Les caractères des trois Savantes font agréablement variés; celui de la folle Bélife, qui croit tout le monde amoureux d'elle, eft un caractère original. On place avec raifon cette pièce au rang des meilleures de Moliere. Une chofe digne de remarque, c'eft que la plûpart des chefs-d'œuvre de Moliere n'eurent d'abord qu'un fuccès médiocre. La repréfentation du Tartuffe fut fufpendue pendant cinq ans. Les faux dévots font des comédiens qui ne veulent pas être joués fur le théâtre; ils dénoncèrent le Poëte comme impie : mais Moliere avait pour lui le Roi, la raifon & la piété éclairée : l'hipocrifie démafquée fut abandonnée au ridicule. A l'égard des autres pièces, fi le fuffrage public fe fit attendre, c'eft qu'elles avaient à réformer leurs juges, avant d'en obtenir juftice. Le genre de l'Ecole des Femmes était trop neuf & trop fingulier; l'Avare était en profe *, & c'était alors une nouveauté hardie; car le préjugé ajoute encore des entraves aux difficultés de l'art; le fujet des Femmes Savantes ne femblait pas fufceptible d'intérêt, il fut jugé par cette prévention avant de paraître; le Mifantrope & les caractères qui contraftent avec le fien étaient marqués par des nuances trop délicates; le vol de Moliere avait été fi rapide, que fon fiècle n'avait pû le fuivre; le parterre applaudit le fonnet ridicule, & ne pardonna qu'avec peine au grand homme qui lui donnait des leçons.

---

* On n'avait point encore fait de pièce en cinq actes & en profe, avant le Feftin de Pierre & l'Avare.

Moliere ajouta à ces chefs-d'œuvre des pièces moins travaillées, mais non moins précieuſes par la vérité de l'imitation. Tels ſont le Bourgeois Gentilhomme, George Dandin, l'Amour Médecin, le Feſtin de Pierre, & le Malade imaginaire. Tout y eſt peint par des traits originaux, par ces traits que Moliere ſavait ſaiſir ſur la nature, & qu'il ſavait placer comme elle. Une touche auſſi vraie, mais plus chargée, anime des ouvrages d'une eſpèce différente : je parle du Mariage forcé, des Fourberies de Scapin, de Pourceaugnac, & du Médecin malgré lui. Moliere s'y eſt donné plus de liberté dans le plan & dans le choix des incidens. Mais il ſemble que c'eſt injuſtement * qu'on leur a donné le nom de *farces*. Il n'y en a pas une où les honnêtes gens ne puiſſent ſe plaire, où l'on ne trouve des ſcènes d'une invention heureuſe & d'une imitation fidelle ; s'il y en a quelques-unes qui ne ſemblent faites que pour le peuple, Moliere entouré d'ennemis, avait beſoin du ſuffrage du peuple.

Nous ne parlerons point ici des pièces que Moliere compoſa pour la Cour ; Moliere y réuſſit, mais le génie y eſt reſſerré par la contrainte : il n'a plus d'aîles lorſqu'il eſt commandé. Les eſ-

---

* Voici pourquoi on leur a donné ce nom : jadis après les pièces ſérieuſes, Tabarin & d'autres farceurs jouaient quelques ſcènes que l'on appellait *la farce* : cet uſage ſe perdit. Quand Moliere parut avec ſa troupe à Paris devant le Roi, il demanda la permiſſion de finir le ſpectacle par une pièce d'un acte, *le Docteur amoureux*. On s'eſt reſſouvenu que ces petites pièces tenaient lieu de la farce, & le nom leur en eſt reſté.

prits médiocres font plus propres à ce travail
pénible ; ce n'eſt pas qu'il n'y ait de la gloire à
réuſſir, car il eſt ſouvent plus facile d'amuſer un
peuple qu'un homme, & ſur-tout quand' cet
homme eſt Roi.

La facilité de Moliere était incroiable, ſes pièces
ſe ſuccèdaient rapidement. Il donna dans la même
année l'Amphitrion, George Dandin, l'Avare,
& ces ouvrages mis au jour en ſi peu de tems
paraiſſent profondément médités. Si l'on examine
en général la fable & la conduite des pièces de
Moliere, on verra que ce grand homme a rap-
pellé les règles ſévères qu'Ariſtote avait enſei-
gnées, & que les Latins ſeuls avaient ſuivies.
Mais on reconnaîtra combien il eſt ſupérieur aux
anciens dans l'expoſition du ſujet, dans la marche de l'intrigue & dans le dénouement même.
La plûpart de ſes expoſitions ſont heureuſes, celle
du Tartuffe eſt unique. C'eſt par la rupture de la
grand'mère avec toute ſa famille que commence
la pièce ; Tartuffe en eſt la cauſe, & le dépit de
la vieille, en querellant tout le monde, fait la
peinture de tous les caractères ; car à-travers le
langage de la prévention, Moliere a laiſſé voir la
vérité. S'il s'agit d'expoſer les vûes d'un amant
ſur la femme d'autrui, c'eſt au mari que ſe fait la
confidence, & elle engage l'action en même tems
qu'elle inſtruit le ſpectateur. C'eſt toujours par
l'action que Moliere annonce & peint ſes caractères : il entre dans ſon ſujet ſans peine & le déve-
loppe ſans effort ; il en fait ſortir une intrigue in-
téreſſante & comique, variée par une infinité
d'incidens. Quel art de préparer, de conduire, de
prolonger, d'interrompre les ſcènes ! Il a montré

dans l'Avare comment on pouvait faire marcher deux actions de front, en les uniffant par l'influence du caractère principal. Voilà les progrès de l'art! on a commencé par des pièces à plufieurs intrigues, qui n'avaient entre elles qu'une faible liaifon ; Moliere a fenti la néceffité d'un feul nœud, & ne s'eft plus permis qu'une action ; il lui était réfervé de fe furpaffer, & le comble de l'art fut de réunir deux intrigues fans manquer à l'unité d'intérêt ! on lui reproche de n'avoir pas toujours été heureux dans fes dénouemens ; mais combien Moliere n'en a-t-il pas de bons ? Un père infatué des Médecins eft trompé par un amant déguifé ; il croit figner une ordonnance quand il figne le contrat de mariage de fa fille. Dans l'Ecole des Femmes Arnolphe, las des importunités d'Horace, preffe le mariage du jeune homme avec l'inconnue qu'il ne fait pas être fa pupille ; dans l'Ecole des Maris, Sganarelle va lui-même chercher un Commiffaire pour furprendre les deux amants, & forcer le mariage de celle qu'il croit être la pupille de fon frère. Ces dénouemens font naturels & tirés du caractère même des perfonnages. Je fai que Moliere a des reconnaiffances forcées. Mais le but du Poëte dramatique eft de faire une pièce qui puiffe inftruire & plaire, de former une intrigue attachante, & le dénouement eft la dernière comme la plus difficile partie de l'ouvrage. C'eft-là que doit fe trouver le réfultat, l'effet moral de la pièce, & Moliere n'y a jamais manqué. L'art n'a-t-il donc pas des bornes ? Toute intrigue a-t-elle un dénouement naturel & vraifemblable ? & dans le cas où elle n'en a point, Moliere a-t-il dû abandonner une excellente in-

intrigue

trigué ou se contenter d'un dénouement possible ?
C'est une question que nous osons faire à nos
maîtres ; il ne nous appartient pas de la déci-
der.

Si l'on passe aux détails des pièces, quel art du
dialogue ! Comme Moliere sait le rendre vif &
serré, retarder les explications, faire parler deux
personnages sans qu'ils s'entendent, ou leur faire
dire deux choses opposées en croyant s'entendre !
Quand ses personnages disputent, quelle force
de raisonnement d'un côté, quelle finesse & quelle
subtilité de l'autre ! Dans son genre il raisonnait
& dialoguait comme Corneille ; & quant à la
diction, combien Moliere n'a-t-il pas de stiles
différens ? Celui des Précieuses ridicules, n'est
pas celui du Mariage forcé ; le stile du Malade
imaginaire, du Bourgeois Gentilhomme, ne res-
semble pas au stile de l'Avare ou de l'Ecole des
Femmes ; mais aucun n'approche du stile du Tartuffe, & sur-tout du Misantrope. Par-tout le langage de Moliere est ce qu'il doit être ; par-tout
il est conforme à l'âge, au sexe, à l'état, au caractère ; il est simple, naturel, délicat, fort selon
les choses qu'il exprime : & Moliere, comme le
Protée de la Fable, devient le caractère qu'il
traite, & n'est jamais semblable à lui-même. De-
là naissent ces réponses naïves qui deviennent si
comiques par la situation ; ces expressions si natu-
relles, si pleines de sens, qu'elles sont devenues
proverbiales ; ces traits de force & d'éloquence
quand le Misantrope foudroye le genre humain ;
cette morale si vraie, si remplie de chaleur qui
anime dans le Tartuffe les discours du vertueux
Cléante. Par-tout Moliere joint à la clarté des

F

idées, la justesse de l'expression, l'élégance du tour & la propriété du mot. Sa poësie est aussi naturelle que sa prose, elle n'a point de vers oisifs; ils sont pleins, nerveux, & la rime toujours heureuse ne semble jamais cherchée. La force & la facilité de sa poësie lui donnent un rang distingué parmi les Poëtes, comme l'invention & le comique l'ont placé au premier rang des auteurs Dramatiques.

Quand un homme a parcouru une carrière, on le mesure par l'étendue même de la carrière, & par la perfection de ses ouvrages. Mais il est une autre manière de l'apprétier, c'est de le comparer à ceux qui l'ont précédé & suivi. Si cet homme n'a eu des modèles que pour les surpasser, s'il n'a eu que des imitateurs, on peut regarder son génie comme le terme où l'esprit humain s'élève par degrés, & d'où il ne peut plus que descendre. Telle est en effet la gloire de Moliere; il est monté à une place qui lui semblait réservée, & cette place est encore inaccessible. Si Moliere imite les Italiens, il les imite en maître; il leur a pris des scènes qui lui appartenaient. Térence, & sur-tout Plaute, voilà les maîtres, voilà les modèles qu'il était glorieux de surpasser. Térence, si précieux par la pureté de son goût, par la vérité de ses portraits, fait encore les délices des gens de Lettres; parce qu'en peignant le cœur humain, il approche de ce beau universel qui est de tous les païs & de tous les siècles. Plaute, en montrant plus d'invention & de gaieté, fait souvent grimacer ses figures par des traits forcés. Il a fourni deux sujets à Moliere: mais combien l'Amphitrion Français est supérieur à celui de Plaute par la force & la vérité du comique, & par l'épisode de Cleanthis, qui est un trait de génie ! Dans l'Avare, dont nous avons déjà parlé, on voit que Plaute a souvent peint d'imagination ; on voit que Moliere suit la Nature & ne la passe jamais.

Avec moins de goût que Térence, Moliere est plus varié dans ses caractères ; il a encore plus d'invention que Plaute, & il est plus vrai & plus comique. Moliere a joint les caractères de Térence à l'intrigue & aux incidens de Plaute ; & de ces deux hommes il n'en a fait qu'un, qui est resté inimitable. D'ailleurs combien l'art n'est-il pas plus difficile aujourd'hui qu'il ne l'était à Rome ; à Rome où la Nature libre se montrait dans toute son énergie. Les caractères sont mieux déploiés, plus différens dans une République ; la dépendance a les yeux baissés tandis que la liberté lève un front superbe. Si Plaute & Térence revenaient au monde, ils reconnaîtraient leur maître dans Moliere, parce qu'il a réuni & surpassé leurs talens, & qu'il a mieux peint les mœurs particulières, sous un ciel où les mœurs générales semblent les absorber.

Ainsi le vrai comique n'est plus l'art de Térence ni de Plaute ; il est l'art de Moliere, & il le sera toujours ; car l'art ne change point tant qu'il ne s'élève que des imitateurs. C'est en quoi l'art & la science différent. La science n'appartient pas moins au siècle qui la perfectionne qu'au siècle qui l'a commencée ; l'art n'appartient qu'à celui qui le crée, & l'art est tellement une création, qu'il semble renfermé dans une seule tête : c'est pour ainsi dire une grande pensée qu'un homme suit pendant sa vie, & que ceux qui lui succèdent

ne peuvent appercevoir qu'imparfaitement; le
modèle idéal périt avec l'inventeur. En effet le
comique n'a pas fait un pas depuis Moliere; c'eſt
lui qui a marqué le commencement & l'extré-
mité de la carrière; on l'a ſuivi quelque tems,
on a tenté de nouveaux genres; mais le vrai comique a été abandonné par l'impuiſſance d'atteindre le terme où Moliere eſt reſté.

On demandera ſans doute combien a vécu celui qui fit tant de grandes choſes? il ne vécut que
quinze ans pour le théâtre. Auſſi quels que ſoient
les chefs-d'œuvre qu'il a produits, quelle que
ſoit la perfection où ſon talent l'a porté, il ne
s'eſt pas déploié tout entier. Il n'avait pas atteint
l'époque de la vie où l'homme commence à deſ-
cendre; il jouiſſait de toute ſa force quand le livre
de la Nature ſe ferma devant lui, & il diſait à Deſ-
préaux, après lui avoir lu le Miſantrope: *Vous
verrez bien autre choſe.* Où ſe ferait donc élevé cet
homme extraordinaire pour qui le Miſantrope
n'était qu'un degré? & quelle idée avait-il de la
portée de l'eſprit humain, s'il voyait plus loin que
le Miſantrope? Que de nouveaux caractères,
combien de nuances il aurait ſaiſies dans la ſociété! Hé quoi, dans les individus qui nous en-
tourent, tout nous préſente la même forme, la
même ſuperficie, & l'œil de Moliere y diſtinguait
tant de différences! Qui donc lui avait donné
l'art de pénétrer l'homme, au travers de l'homme
même, de le dépouiller du reſpect humain qui le
captive, des vices qui gazent d'autres vices, de
la politeſſe qui porte par-tout le même viſage,
& d'atteindre le caractère individuel en diſant,
tout le reſte eſt étranger, voilà ce que t'a donné

la Nature? Alors il reconstruisait l'homme qu'il avait analysé, pour le peindre tel que nous le voyons.

Cet art de l'analyse appartient à la Philosophie, & Moliere ne fut pas moins Philosophe que Poëte. Dans tous les siècles les grands Poëtes & les grands Philosophes ont été rares: ce qui est plus rare, ce qui a rendu Moliere inimitable, c'est d'avoir été l'un & l'autre à-la-fois. Le tragique * ainsi que le comique ne nous en offre encore qu'un exemple.

Moliere était né taciturne; Despréaux l'appellait le Contemplateur. La taciturnité, quand elle pense, produit les plus fortes idées. En effet, il ne suffit pas que l'imagination invente, il faut que la raison muriffe. Tandis que l'homme prompt à parler ne répand que des germes de pensée, le taciturne semble vouloir concentrer l'univers au-dedans de soi; il accumule les observations, & nourrit une idée par une autre. Placé au centre de la société, Moliere la considère en silence: tous les hommes passent devant lui; chacun d'eux, chaque instant lui fournit une observation. Dans la durée de la vie le caractère ne se montre que par interv "es; tous ces traits sont à Moliere, il les rassemble dans un point qui est le moment de l'action théâtrale. Ce n'est pas sur un seul homme qu'il prend ses exemples, c'est sur l'espèce entière; il accumule tout dans un seul individu: ainsi la peinture est étendue sans cesser d'être vraie; ainsi la peinture est plus utile parce qu'elle

---

* Moliere & M. de Voltaire.

eſt plus générale. Qu'eût fait Moliere avec tout
le génie dont il était doué, s'il n'eût été qu'un
obſervateur vulgaire? Il eût pu atteindre la régu-
larité de l'ordonnance, il l'eût animée d'un bril-
lant coloris; mais plus comique que vrai, il
eût peint moins l'homme que l'enveloppe, il n'eût
tracé que des ſuperficies ſans ſaillie & ſans ron-
deur. Au lieu que Moliere, dépouillé du génie
dramatique, ſe fût fait reconnaître pour un grand
Philoſophe; il eût montré le cenſeur des mœurs,
le peintre des caractères, & il eût ſurpaſſé la
Bruiere comme il a ſurpaſſé Térence.

Le premier projet de Moliere fut la réforme
du théâtre. On connaît que cette réforme lui appartient, par les licences qu'il s'eſt permiſes dans
ſes premières pièces, licences qui furent applau-
dies. Lorſqu'il eut introduit la décence du langage, il ne fut plus permis de s'en écarter. Moliere
propoſa la loi, & la loi approuvée par le peuple
devint irrévocable. En épurant la ſcène comique
il n'en bannit pas l'amour, mais il l'aſſujettit
à la bienſéance; & s'il paraît s'écarter quelquefois des règles qu'elle impoſe, nous devons penſer qu'il uſa d'une complaiſance néceſſaire. Il
s'agiſſait d'effacer l'idée d'un comique ſcandaleux,
mais reçu & applaudi; il s'agiſſait de changer le
goût public, mais il fallait paraître s'y prêter
avant de le combattre. Ce goût, fondé ſur l'habitude, défendu par l'orgueil & la pareſſe, arrête
les nouveautés comme prohibées; il faut pour les
faire paſſer, le ſceau du ſouverain, qui en ce genre
eſt l'homme de génie. Moliere portait la ſévérité
peut-être plus loin que nous ne le faiſons aujour-
d'hui. Il y a lieu de penſer qu'il regardait l'amour

comme une faibleſſe, il en connaiſſait les mal-
heurs par une cruelle expérience ; on ne trouve
point d'amans dans ſes pièces ; je parle de ces
amans impétueux qui excitent un ſi grand intérêt
dans nos pièces modernes. Moliere a ſenti vive-
ment l'amour, puiſqu'il fut jaloux ; on ne dira
point que Moliere n'a pû peindre ce qu'il a pû
ſentir : mais il ne ſe ſert de l'amour que pour
faire jouer les autres paſſions. Il ne le montre que
comme une paſſion ſecondaire. C'eſt une reſſem-
blance remarquable entre Corneille & Moliere :
leur but fut de former des citoiens & des hommes ;
leur art n'admit point la paſſion qui les dégrade.
Au reſte ils avaient ſenti que l'amour ne ſe corrige
point : nous le tenons de la nature, il faut que la
nature détruiſe elle - même ſon ouvrage. Les autres paſſions peuvent être combattues ſur la ſcène
par des exemples ; l'amour ſeul ſe plaît dans ſa
peinture & ſe nourrit de ſes excès.

Si la plûpart des pièces de Moliere n'avaient
pas un but moral, je n'aurais pû l'enviſager
comme Philoſophe ; car la ſageſſe demande compte de l'emploi du tems & du génie, & l'homme
juſte n'a dans ſa vieilleſſe d'autre jouiſſance que
celle du bien qu'il a fait. Mais ô Moliere, ſi ta
carrière avait été plus longue, quelle vieilleſſe
eût été plus heureuſe ! Tu as montré la baſſeſſe
& la honte de l'avarice ; tu as démaſqué l'hipo-
criſie ; & ſi la racine de ces vices n'eſt point arra-
chée, c'eſt qu'elle tient à la nature ; il n'eſt pas
donné à l'homme de la changer. Mais qui ſait ce
que l'avare ſouffre à ce tableau ? L'hipocrite du
moins s'effraie au ſpectacle du Tartuffe ; il regarde
autour de lui ſi on ne l'obſerve pas, & il frémit

au nom que tu lui as donné. Ton Misantrope est
une grande leçon ! La vertu même a ses défauts ;
mais en cherchant à les corriger, tu as donné à
ton Misantrope le caractère imposant de la vertu,
& Montausier qui s'y reconnut, souhaita mode-
stement de lui ressembler ! Combien de ridicules
n'as-tu pas développés, en peignant le bourgeois
qui imite le courtisan, & le courtisan qui s'abaisse
à le tromper, en faisant gémir les Dandins de
l'alliance des Sottenville ! Mais, diront les cen-
seurs du théâtre, l'effet moral n'a pas lieu, parce
que les spectateurs en riant aux dépens des dupes
se rangent du parti des fripons. Que conclura-t-
on de cette objection si souvent répétée ? Le théâtre a cela de commun avec la scène du monde,
avec l'histoire où l'on convient de puiser des
leçons. Par-tout les malheureux y sont à côté
des méchans, les dupes à côté des fripons, dira-
t-on qu'on est moins tenté de plaindre les uns que
d'imiter les autres ; dira-t-on qu'il faut fuir la société & fermer les livres ? Non, le théâtre est utile
comme l'histoire, pour qui sait s'instruire par
l'exemple & s'éclairer soi-même en jugeant les
autres. D'ailleurs on rit de la sottise du personnage sans applaudir à son malheur ; on rit d'un
bourgeois assez sot pour se laisser voler par un
courtisan qui se moque de lui ; d'un païsan ridicu-
lement vain, qui a osé épouser une fille de qualité qu'il n'ose appeller sa femme. Moliere avertit
les gens de bien d'éviter de pareils travers ; la
meilleure leçon qu'on puisse donner à la vanité,
c'est de montrer qu'elle nous rend malheureux ou
ridicules.

Un écrivain célèbre par de grands talens &

par des paradoxes, s'eſt élevé * contre Moliere
qu'il admire. Il lui a reproché d'avoir rendu la
vertu ridicule dans le perſonnage du Miſantrope;
je ne diſputerai point avec l'homme éloquent;
je l'entraînerai dans un cercle nombreux; je lui
montrerai l'homme de bien en butte aux traits
de l'eſprit & de la malignité, combattant ſeul
contre tous, en impoſant à tous par le grand caractère de la vertu, par l'éloquence de la raiſon &
de la vérité, & je lui dirai : Choiſiſſez, quel parti
prenez-vous, à qui voudriez-vous reſſembler ?
je le demande à toute ame noble & ſenſible, &
voilà ma réponſe.

Un Prélat * * dont les mœurs & le génie ſont
également reſpectables, n'a pas mieux jugé Moliere : il s'étonne que *le rigoureux cenſeur des
grands canons, le grave réformateur des mines & des
expreſſions de nos Précieuſes, ait étalé les avantages
d'une infame tolérance dans les maris, en ſollicitant
les femmes à de honteuſes vengeances.* Hé quoi, le
but de Moliere peut-il être méconnu ? Il montre
par l'Ecole des Maris, par l'Ecole des Femmes,
les dangers où l'innocence eſt expoſée dans l'eſ-
clavage & dans l'ignorance ; il enſeigne qu'on ne
peut être vertueux ſans être libre & ſans être
éclairé. N'a-t-on vû dans le ridicule jetté ſur les
modes qu'une cenſure vaine & frivole ? Moliere,
plus philoſophe, voyait ſeul alors que le vice de la
galanterie tient au luxe & aux modes futiles, il

---

* Lettre ſur les ſpectacles.

* * M, Boſſuet, Maximes & Réflexions ſur la Comédie.

attaqua le mal dans fa fource ; & fi Louis XIV
l'eût aidé , deux grands hommes euffent réformé
la Nation.

Un des caractères du Philofophe eft d'aller au-
delà de fon fiècle , & de prendre la place de la
poftérité. Moliere avait attaqué l'abus de l'efprit
dans fa comédie des Précieufes ; il s'éleva dans
les Femmmes favantes contre l'abus de l'érudition. La recherche des connaiffances des anciens
eft le premier pas d'un peuple qui marche vers la
lumière ; c'eft par eux que l'on penfe , c'eft leur
langue qu'on approfondit ; les hommes habitent
des tombeaux, ils en tirent laborieufement des
décombres, & chaque débris femble une décou-
verte importante ! Le génie vient enfuite profi-
ter de leur travail, & s'emparer de leur gloire.
Mais leur triomphe fubfifte quelque tems à côté
du fien : en matière de goût l'idolâtrie du peuple ne ceffe que peu-à-peu. Moliere voulut éta-
blir les droits du génie & remettre l'érudition à
fa place ; il fit les Femmes favantes dont le titre
ne femble porter que fur les femmes, en qui la
fcience eft un ridicule ; mais on voit par la pièce
que l'auteur en voulait à la fcience même. Moliere dans cet ouvrage fortit des peintures générales. En approuvant les vûes du Philofophe,
nous fommes loin d'applaudir à la vengeance de
l'homme : ailleurs il avait nommé Bourfault, ici
Menage & Cotin font defignés fans qu'on puiffe
s'y méprendre. Menage était un favant eftima-
ble, qui avait plus d'une fois rendu juftice à la
fupériorité de Moliere. Cotin était auffi vain que
mauvais Poëte , mais s'ils avaient calomnié l'au-

teur * du Mifantrope, pourquoi les plus fortes têtes ont-elles une oreille fi fenfible à la rumeur de l'envie ? L'homme fupérieur doit refpecter la médiocrité modefte comme on épargne la faibleffe de l'enfance ; il ne doit que du mépris à la médiocrité infolente.

En rappellant l'efprit de la Nation à la raifon & au bon goût; Moliere voulut rendre un fervice d'un autre genre à l'humanité. Il tenta de renverfer le trône de la Médecine, de cette fcience qui s'appuie fur une obfervation conftante, & dont la deftinée eft de n'avoir jamais qu'une marche incertaine. Mais fes efforts furent inutiles ; s'il a corrigé les Médecins, en fe moquant de leur ignorance mal déguifée, de leur ton pédantefque, de leur latin barbare, la fcience eft reftée inébranlable fur fes fondemens éternels, l'inquiétude & la crédulité humaine. C'eft l'illufion de tous les âges, il faut une raifon faine & forte pour la connoître & pour ofer s'en affranchir. Heureufe la fimplicité primitive où l'on ignore les excès, les arts empoifonneurs, & l'antidote qui eft fouvent lui-même un poifon.

Nous avons parcouru les titres de la gloire de Moliere, il ne manque plus qu'un trait à fon éloge : c'eft la peinture de fes mœurs. Moliere l'a

---

* L'abbé Cotin & Menage, au fortir de la premiere repréfentation du Mifantrope, allèrent fonner le tocfin à l'hôtel de Rambouillet, difant que Moliere jouait ouvertement le duc de Montaufier, dont la vertu auftère & inflexible, paffait mal-à-propos dans l'efprit de quelques courtifans, pour tomber dans la mifantropie...... Mais Moliere avait communiqué la pièce, avant qu'elle fût jouée, à M. de Montaufier. *Hift. de l'acad. Fran. tome II, & Hift. du théât. François, tome XI.*

déjà faite dans la morale de la plûpart de ses pièces:
Il réunissait l'humanité des ames tendres à la fran-
chise, à la générosité des ames nobles. Il avait
pour le vice cette haine vigoureuse qu'il a donnée à son Misantrope; & peut-être qu'indigné
des vices de la Cour, des cabales de l'envie, aigri par la calomnie qui le poursuivait, il a voulu
faire dans cet ouvrage la satire de l'humanité.
Tourmenté de chagrins domestiques, il trouva
dans les nœuds du mariage tous les dégoûts qu'il
avait exposés sur la scène : mais il fut maître de
lui-même, & ne mit que de la modération où le
ressentiment eût été juste. Quand la jalousie qu'il
ne pouvait vaincre, venoit agiter son ame trop
tendre, il se retirait dans sa maison * d'Auteuil,
où des amis illustres par le rang ou par les talens,
formaient une société choisie. L'estime & l'amitié
adoucissaient l'amertume de sa vie : mais cette
amertume était resserrée dans son cœur ; quoique
malheureux, il n'en était que plus compatissant.
Il jouissait d'un revenu considérable, dont il ré-
pandait ** une grande partie sur l'indigence. Il

* Cette maison fut pendant quelque tems une école de la
philosophie d'Epicure ; Moliere, Chapelle, Bernier, disci-
ples de Gassendi, s'y rassemblaient avec le baron de Blot,
Bachaumont & Desbarreaux.

** « Un jour Baron vint lui annoncer qu'un Comédien de
» campagne, que la pauvreté empêchait de se présenter,
» lui demandait quelques secours pour aller joindre sa
» troupe. Moliere ayant sçu que c'était un nommé Mon-
» dorge, qui avait été son camarade, demanda à Baron
» combien il croyait qu'il fallait lui donner ? Celui-ci répon-
» dit au hasard quatre pistoles. Donnez lui quatre pistoles
» pour moi, lui dit Moliere ; en voilà vingt qu'il faut que

connaiſſait trop bien les hommes pour ignorer combien la vertu eſt rare ; auſſi ne la rencontrait-il point ſans enthouſiaſme , ſans la payer de ſon admiration ; auſſi quand un pauvre rapporta une pièce d'or qu'il lui avait donnée par haſard , cet homme vertueux lui en donna-t-il une autre , en s'écriant: *Où la vertu va-t-elle ſe nicher !* Parole remarquable, & qui ſuffit ſeule pour caractériſer Moliere ! Oſons dire une vérité utile qui naît de l'éloge de ce grand homme ; c'eſt que les vrais talens élèvent l'ame , & l'ame élevée eſt toujours bonne. Quelles que ſoient les traverſes que ſuſcitent la haine & l'envie, l'homme de Lettres ſera toujours juſte, s'il eſt vraiment ſupérieur; il a, comme le reſte des hommes, Dieu pour témoin, il a de plus l'Univers qui l'obſerve & l'envie qui l'épie. Si je n'écrivais que pour des Philoſophes, j'aurais dit ſeulement, Moliere fut vertueux, penſez à ſon génie & rappellez-vous ſes ouvrages ! Mais dans ce ſiècle éclairé tous les préjugés ne ſont pas détruits ; une voix ſortie de la foule des gens du monde peut m'objecter l'état de Moliere... Son état ! le génie n'en a point. Placé hors de toutes les claſſes, il eſt unique comme le ſouverain ! Quand on lit le Tartuffe , s'informe-t-on ſi Moliere fut Comédien ?

Nous ne diſſimulerons pas que Moliere n'ait fait une faute en montant ſur le théâtre. On peut combattre, on ne doit jamais braver l'opinion

---

» vous lui donniez pour vous; & il joignit à ce préſent » celui d'un habit magnifique ; ce ſont de petits faits, mais » ils peignent le caractère ». *Vie de Moliere avec des jugemens ſur ſes Ouvrages.*

publique. Dans la Grèce le Poëte était lui-même
Comédien, & cette unité manque chez nous à
l'imitation. Moliere fut moins retenu par l'opinion publique qu'encouragé par l'exemple des
Grecs. Louons le citoyen qui respecte le préjugé,
c'est-à-dire la raison de son païs ; mais pardonnons
au grand homme qui osa ne consulter que la raison universelle , & regarder comme honorable
un état où le talent se montre avec éclat, & où
la vertu se conserve quand elle est vraie ! Au reste
je pourrais demander aux gens du monde , Con-
naissez-vous l'état que vous voulez avilir ; savez-
vous ce qu'il exige ? L'art de la déclamation tient
aux talens de l'esprit. Le Comédien comme le
Poëte doit penser, sentir & peindre. Il doit penser pour saisir l'ensemble & les détails du caractère, pour deviner l'auteur même, quand l'expression de l'idée tient au geste ou à l'inflexion de la
voix ; il doit sentir, car qui peindra ce qu'il n'a
point senti ? Quand on n'est point ému d'une
grande action, comment en rendre l'imitation
supportable ? Il doit peindre, alors l'émotion ne
suffit plus ; c'est le sentiment même qu'il faut
éprouver. Il faut avoir la vertu de Pauline, les
craintes de Mérope, le courage du vieil Horace,
la bonté d'Alvarès, & la clémence d'Auguste ! Il
faut éprouver tout cela, il faut l'éprouver tous
les jours pendant quelques heures ! Quel état que
celui où les leçons de courage & de grandeur
sont journalières , & où les affections vertueuses
deviennent une habitude ! ô mes compatriotes,
voilà pourtant ce que vous méprisez ! Et vous ,
qui vous plaignez d'un préjugé barbare , qui gé-
missez d'un mépris injuste , arrêtez vos regards

fur vous-mêmes, & foyez ce que vous devez être.
Vous êtes l'organe des plus grands génies, c'eft
par vous que les femences de vertu fe répandent :
votre art fera noble, s'il agrandit votre ame, s'il
vous pénètre des leçons que vous donnez. Vous
n'êtes plus ce que vous étiez dans les tems d'ignorance où naquit le préjugé ; ces tems font chan-
gés, & fi le préjugé fubfifte, c'eft par vos mœurs
que vous devez le combattre. Laiffez la corrup-
tion aux gens du monde ; faites-les rougir par
votre exemple, fouvenez-vous que Moliere fut
jadis parmi vous ; vous aurez pour défenfe vos
vertus, l'éclat de vos talens, le fuffrage de la Philofophie, & tôt ou tard le préjugé fera détruit.

Pour nous, ne dégradons point un état que
Moliere a honoré de fon génie. Nous n'avons rien
à recommander aux miniftres de la religion ; mais
nous pouvons revenir fur les vains préjugés qui
flétriffent une profeffion utile. Ofons être juftes,
en ceffant d'être inconféquens ; n'expofons point
des ames nobles à l'opprobre, ou ne demandons
point à des ames aviliés les leçons du courage &
de l'honneur ; fur-tout ne croyons point avoir le
droit de blâmer leurs mœurs ; fi elles font mau-
vaifes, c'eft nous qui les leur avons données,
car l'aviliffement mène à la dépravation. Cepen-
dant beaucoup de Comédiens ont été affez forts
pour être vertueux. Si je difais : Un homme eut
un efprit fupérieur, un talent unique fans orgueil, il fut bienfaifant quoique riche ; il fuivit
la vertu dans un état où elle eft rare & difficile ;
il gouvernait quelques hommes qui l'entouraient,
autant par l'empire de la bienfaifance que par la
fupériorité de l'efprit ; à la Cour, il ne follicita

que pour eux ; il fut eftimé, aimé d'un grand
Roi, & cette faveur ne fut point achetée par la
flatterie, quoique ce Roi l'aimât. Voilà dirait-on,
le portrait du vrai fage, ce vrai fage eft Moliere,
c'eft l'homme qui fut Comédien.

Mais ce fage fut perfécuté, parce que fes talens
l'expofaient à l'envie, & que le préjugé de fon
état encourageait la licence. Les critiques fan-
glantes fe multiplièrent avec fes chefs-d'œuvre ;
la calomnie voulut noircir une union * légitime
& malheurèufe ; elle attaqua fa perfonne qui
était moins connue que fes ouvrages ; voilà comme il fut traité à la Ville. A la Cour où l'envie
n'a les yeux ouverts que fur l'ambition, l'homme
de Lettres eft tranquille quand le Prince l'honore.
Moliere y fut ami de tous ceux qui aimaient la
vertu. Louis XIV, fi grand par lui-même, fi grand
fur-tout par la diftribution de fon eftime, Louis
XIV eftimait Moliere, & le Comédien était admis
dans la familiarité du Prince.

Sans doute les bontés du Roi, l'eftime du grand
Condé, de Montaufier, pouvaient bien le confo-
ler des injures de l'envie, des cabales ** des

---

*On difait que Moliere, qui était amoureux de mademoi-
felle Bejart, avait époufé fa propre fille ; mais elle était née
en Languedoc, avant qu'il eût fait connaiffance avec la mère.
C'eft ainfi qu'on fe venge de la fupériorité des grands hommes ; il faut être digne de telles atrocités pour les inventer.

**Indigné qu'on lui attribuât des livres fcandaleux, qu'on
l'accufât d'avoir joué des hommes puiffans, rebuté par les
difficultés fans nombre qu'avait effuiées le Tartuffe, Moliere
difait de la vertu. *Il eft dangereux de prendre fes intérêts au
prix qu'il m'en coûte, & je me fuis plufieurs fois repenti de
l'avoir fait.*

dévots,

dévots, & le venger d'avance de l'infulte qu'une populace groffière devait faire à fes manes. Peuple vil, affez ftupide pour menacer les reftes d'un grand homme, & affez lâche pour céder à l'argent que fa veuve fit répandre! Il accompagna le corps avec refpect, mais il fallut le corrompre pour le rendre jufte. Les funérailles de Moliere furent fimples : en cédant aux ordres du Roi, le préjugé l'avait ainfi réglé ; mais elles furent remarquables par le cortége d'un grand nombre d'amis qui portaient des flambaux, & qui honorèrent cet homme célèbre jufqu'au terme où l'envie l'abandonna, & où fa gloire, reftée victorieufe, fe répandit dans l'Univers.

F I N.

G

www.ingramcontent.com/pod-product-compliance
Lightning Source LLC
Chambersburg PA
CBHW072300210626
46818CB00017B/1926